LA GROTTE
DE L'ÉPÉE

Pour Araminta Clibborn,
avec tout mon amour.

Publié avec l'autorisation de Katherine Tegen Books, HarperCollinsPublishers.
© 2006 HarperCollins® Publishers Inc.
Titre original : Araminta Spookie – *THE SWORD IN THE GROTTO*
Text copyright © 2006 by Angie Sage
Illustrations copyright © 2006 by Jimmy Pickering
© Éditions Nathan (Paris-France), 2008
Loi n° 49956 du 16 juillet 1949
sur les publications destinées à la jeunesse
ISBN 978-2-09-251725-3

ARaMinta SpOokie

LA GROTTE DE L'ÉPÉE

Raconté par Angie Sage
Illustré par Jimmy Pickering

Traduit de l'anglais (États-Unis)
par Anne Delcourt

Nathan

Sommaire

SHIRLEY

La Maison aux Revenants, où je vis avec ma tante Tabitha et mon oncle Drac, est plutôt bien remplie ces derniers temps. D'abord, j'y ai découvert deux fantômes, puis la famille Sorcel est arrivée et a décidé de rester. Nous voilà donc huit, puisque les Sorcel sont trois : Brenda, Barry, et leur fille Wanda.

Nos deux fantômes sont messire Horace et Edmond. En général, les gens prennent messire Horace pour une vieille armure sans intérêt – ce que j'ai cru moi-même pendant très longtemps –, mais c'est notre fantôme en chef. Ensuite, il y a son fidèle page Edmond, qui est timide et se comporte un peu comme une poule mouillée. Wanda l'aime beaucoup ; normal, vu qu'elle a ses côtés poule mouillée, elle aussi, comme vous allez le voir.

J'ai parfois l'impression que messire Horace a un faible pour Wanda. Pas que je sois jalouse ni rien, même s'il était mon fantôme à moi, au départ. Mais quand les Sorcel sont venus vivre ici, ils ont tellement bien réparé messire Horace qu'il était comme neuf, et après que Wanda a enlevé toute la rouille de son armure avec son huile pour vélo, il était aux anges. Depuis, messire Horace se déplace beaucoup plus,

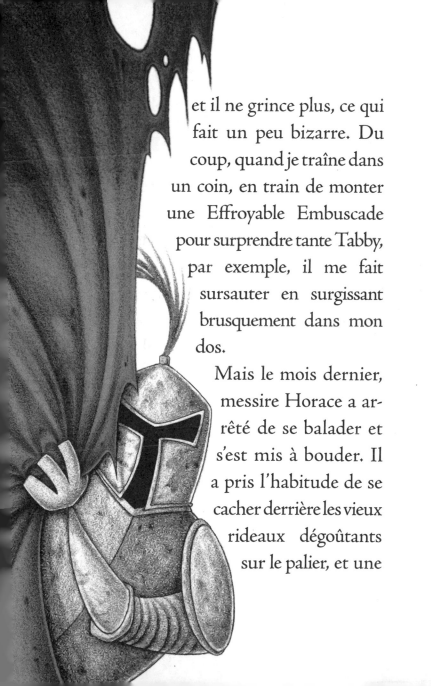

et il ne grince plus, ce qui fait un peu bizarre. Du coup, quand je traîne dans un coin, en train de monter une Effroyable Embuscade pour surprendre tante Tabby, par exemple, il me fait sursauter en surgissant brusquement dans mon dos.

Mais le mois dernier, messire Horace a arrêté de se balader et s'est mis à bouder. Il a pris l'habitude de se cacher derrière les vieux rideaux dégoûtants sur le palier, et une nuit, il a flanqué une peur bleue à oncle Drac qui sortait de sa tourelle, en poussant un gémissement horrible.

Une autre fois, messire Horace a enlevé sa tête exprès et l'a posée sur une marche de l'escalier. Tante Tabby s'est pris les pieds dedans et, bien sûr, elle a décrété que c'était ma faute. Quand je lui ai rendu sa tête, il n'a pas été poli du tout. Il a déclaré qu'il essayait d'oublier quelque chose et qu'il ne voulait pas récupérer sa tête tout de suite, merci bien. Je l'ai quand même forcé à la remettre. Puis il a disparu. Wanda et moi, on l'a cherché partout, en vain, on est allées voir s'il n'était pas dans sa chambre secrète.

Pour aller dans la chambre de messire Horace, il faut prendre un passage secret et descendre par un drôle d'ascenseur, qui s'appelle un monte-charge et qu'on actionne soi-même en tirant sur une corde. Tante Tabby nous interdit de le prendre. Elle trouve qu'un ascenseur, c'est trop dangereux, et elle n'aime pas qu'on traîne dans les passages secrets. La vérité c'est qu'elle est terriblement fouineuse, et qu'elle n'aime pas que les gens soient quelque part où elle ne peut pas voir ce qu'ils font. Ça ne veut pas dire que tante Tabby est au courant de tout. Par exemple, elle ne sait pas que j'ai la clé de la porte du passage secret. Alors hier, une fois sûres que tante Tabby était occupée ailleurs, avec Wanda, on a ouvert la porte secrète, qui est cachée dans les boiseries sous l'escalier du grenier, et on a emprunté le passage secret. J'ai dû marcher devant à cause des araignées – qui font peur à Wanda –, puis on est descendues par l'ascenseur qui grince – qui fait peur à Wanda – et on est entrées dans la chambre de messire Horace.

La chambre est toute petite et toute noire – là aussi, Wanda a eu peur. Je me demande à quoi elle s'attendait, vu qu'il ne peut pas y avoir de fenêtres dans une chambre secrète au beau milieu de la maison. J'ai braqué ma lampe torche dans tous les recoins pour voir si messire Horace boudait là quelque part, pendant que Wanda restait figée sur place, l'air apeuré.

– Il n'est pas là, a dit Wanda. Pourvu qu'il n'ait pas fait une fugue.

– Pourquoi ferait-il ça ? ai-je demandé. Il se plaît chez nous. Tu me passes des chips au fromage et à l'oignon ?

Wanda, qui portait mon Nécessaire à Passage Secret, m'a donné mon paquet de chips au fromage et à l'oignon. Puis elle a allumé deux bougies sur la cheminée. Elles ont projeté de drôles d'ombres sur les murs, et j'ai dessiné celle d'un gros monstre qui se dressait au-dessus d'elle.

Wanda, qui est encore plus curieuse que tante Tabby, s'est mise à fouiller dans toutes les piles de vieux bouquins. Je ne voyais pas pourquoi elle s'embêtait avec ces livres sans intérêt, mais elle aime bien les vieux trucs sans intérêt. C'est sans doute pour ça qu'elle aime bien messire Horace. Bref, tout à coup, Wanda a émis une sorte de grognement, comme un cochon qui renifle son auge, et elle a commencé à se rouler par terre. Comme c'est sa façon de rire, je n'y ai pas fait attention, et je l'ai laissé continuer son imitation de cochon pendant un petit moment. Puis je lui ai demandé ce qu'il y avait de si drôle.

– Oink oink oink ! a grogné Wanda. Oh, oink !

– Oh, allez, Wanda… Explique-moi !

Wanda m'a collé un vieux livre entre les mains.

– Shirley ! a-t-elle reniflé. Shirley !!

À l'intérieur du livre, il y avait un vieux bout de papier avec un dessin qui représentait un bébé tout mignon, couché sur une couverture. Des mots étaient écrits sous le dessin, dans une écriture en pattes

de mouche. Ce n'était pas évident à lire.

– Vas-y... oink, s'est étranglée Wanda. Lis !

– Heu... Alors, « Horace Cuthbert Shirley George, à l'aage de quatre moif », ai-je déchiffré. Qu'est-ce qu'ils faisaient comme fautes au Moyen Âge !

– Toujours moins que nous ! a hoqueté Wanda. Tu as vu ? Il s'appelle Shirley !

– Bah, peut-être que sa mère voulait une fille ! En tout cas, il est adorable. Mais ça ne peut pas être messire Horace. Il n'a jamais été bébé.

Wanda a réussi à se relever.

– Tout le monde a été bébé, a-t-elle rectifié. Même mon père a été bébé, il y a super longtemps. Sans doute vers la même époque que messire Horace.

— Même si ton père est vieux, je ne crois pas qu'il approche les cinq cents ans, ai-je objecté en regardant la date dans le livre.

— Pourquoi pas ? a insisté Wanda. Ça ne m'étonnerait pas. Qu'est-ce que tu fais ?

— Je compte.

Les maths ne sont pas mon fort, et je comptais sur mes doigts pour être sûre de ne pas me tromper. Cent, deux cents, trois cents, quatre cents... Hé, j'avais bon ! Le surlendemain, ça ferait cinq cents ans jour pour jour que messire Horace était né !

— Après-demain, c'est l'anniversaire de messire Horace ! me suis-je exclamée. Son cinq centième anniversaire !

Wanda a émis un sifflement admiratif.

— Ça devient sérieux, comme anniversaire !

— Tu parles ! ai-je confirmé. Tu connais

quelqu'un d'autre qui a fêté son cinq centième anniversaire, toi ?

Wanda a réfléchi quelques instants, avant de répondre :

– Je ne crois pas. C'est tellement vieux ! Dis... c'est sûrement pour ça qu'il boude ! Mon père a fait pareil l'année dernière. Il a fêté ce que ma mère a appelé un « gros » anniversaire, et une semaine avant, il est devenu tout bizarre. Il a changé la couleur de toutes ses grenouilles en rouge et il n'adressait plus la parole à personne. Mais sa fête d'anniversaire surprise lui a remonté le moral. Après, il allait beaucoup mieux.

J'ai fini mes chips au fromage et à l'oignon, et tout à coup, j'avais un Plan.

– Problème résolu, ai-je annoncé. On va préparer une fête surprise pour le cinq

centième anniversaire de messire Horace.
Comme ça, lui aussi, il ira mieux.

Wanda a souri. J'ai vu que mon Plan
génial lui plaisait bien. Puis son sourire
s'est effacé et elle a dit :

– Mais on ne sait pas où il est. Il faut
savoir où est quelqu'un pour lui faire une
fête surprise. Sinon, on se retrouve à la fête
et il n'est même pas là pour être surpris.
Du coup, ce n'est plus une fête surprise ;
c'est juste une...

– D'accord, d'accord, l'ai-je interrompue.
J'ai compris.

On peut toujours compter sur Wanda
pour compliquer les choses.

2

PLAF

— **M**essire Horace ne tardera pas à sortir de sa cachette quand il saura qu'on lui prépare une fête surprise, ai-je assuré à Wanda.

On était en train de descendre dans la troisième-cuisine-à-gauche-juste-après-la-chaufferie, pour inspecter les réserves de nourriture pour la fête.

— S'il l'apprend, ce ne sera plus une surprise, a objecté Wanda.

Elle est ce qu'oncle Drac appelle « une pédante ». Je ne sais pas bien ce que ça veut dire, mais je trouve que ça lui va bien. Et vous pouvez ajouter « coupeuse de cheveux en quatre ».

— D'ailleurs, on n'est pas obligées de lui organiser une fête, a-t-elle ajouté. Peut-être qu'il préférerait conduire une voiture de course ou je ne sais quoi. Ma mère a fait ça pour ses quarante ans. Et messire Horace a déjà son casque de sécurité.

Je n'étais pas convaincue. Quelque chose me disait que messire Horace et les voitures de course, ça n'allait pas trop ensemble.

— Ou on pourrait juste lui offrir un super chouette cadeau, a repris Wanda. Mais ça ne sert à rien de lui acheter des chaussettes, puisqu'il n'a pas de pieds. Ni un rasoir, puisqu'il ne se rase pas. Ni des mouchoirs, vu qu'il n'a pas de nez. Ni des caleçons, puisqu'il n'a pas de…

– Ouais, ouais, je sais. Pas besoin de continuer, Wanda.

Elle ne sait pas toujours quand s'arrêter.

Les provisions pour la fête n'étaient pas un problème. Brenda une armoire pleine à ras bord de chips et de bonbons. Tellement pleine, même, que quand Wanda a ouvert la porte, un déluge de paquets de nounours gélifiés nous est tombé sur la tête. L'un des paquets s'est ouvert, et on a dû manger tous les nounours, parce que tante Tabby répète tout le temps : « Si tu mets la pagaille, Araminta, c'est à toi de nettoyer. »

On avait nettoyé presque tous les ours quand un énorme PLAF a résonné dans la cuisine. L'armoire a tremblé et une nouvelle cascade de nounours a bondi de l'étagère pour dégringoler sur la tête de Wanda.

– Ouille ! Qu'est-che que ch'était que cha ?

– Qu'est-ce que j'en sais, moi ?

Wanda s'imagine toujours que je sais tout ce qui se passe dans cette maison. Erreur.

Elle a avalé son dernier nounours.

– On dirait que quelqu'un a balancé un énorme sac de patates par la fenêtre du dernier étage.

– N'importe quoi, ai-je rétorqué. Qui s'amuserait à balancer un énorme sac de patates par la f... Oncle Drac !

D'un seul coup, j'ai su ce qui s'était passé. Je me suis précipitée à la porte, où je suis rentrée dans tante Tabby, que j'ai renversée.

– C'est Drac ! a hurlé tante Tabby. Viens, Araminta... Vite !

Elle s'est relevée, a disparu comme un éclair dans le tournant et filé comme une tornade le long du couloir qui tournicote dans le sous-sol. Je ne la voyais pas très bien, qu'elle est toujours habillée en noir et que ça fait une éternité que les ampoules sont grillées, mais ça n'était pas un problème. Je savais très bien où elle allait : à la trappe à caca de la tourelle.

Wanda me suivait de près.

– Pourquoi oncle Drac balancerait-il un sac de patates par la fenêtre ? a-t-elle demandé en haletant. Et pourquoi vous en faites toute une histoire ? On n'a qu'à les ramasser. Les pommes de terre, ça ne se casse pas. Ce n'est pas comme s'il avait balancé des œufs par la f...

– Tais-toi, Wanda.

Je vous l'ai dit, c'est une coupeuse de cheveux en quatre, et elle ne sait pas quand s'arrêter. En plus, elle ne réfléchit pas, parce que si elle avait pris la peine de le faire, elle aurait compris que le PLAF qu'on avait entendu, c'était oncle Drac dans son sac de couchage qui avait fait une chute de quatre étages du haut de la tourelle des chauves-souris. Ce qui n'est pas une bonne nouvelle, surtout pour oncle Drac.

Tante Tabby s'est arrêtée dans un dérapage contrôlé au bout du couloir. Devant elle, en bas de la tourelle aux chauves-souris d'oncle Drac, il y avait la trappe à caca des chauves-souris. Ça ressemble à une énorme chatière très lourde. Tante Tabby l'a soulevée, s'est emparée de la pelle d'oncle Drac qui était appuyée contre le mur, et elle s'est mise à creuser.

On aurait dit un chien en train de déterrer un os. Elle pelletait frénétiquement en faisant voler du caca partout. Je me suis garée en vitesse, mais Wanda, qui ne connaissait pas la trappe, n'a pas été aussi rapide.

— Beurk ! a-t-elle crié alors qu'une pluie de caca s'abattait sur elle. C'est répugnant !

— Chut, Wanda, a dit tante Tabby. Il m'a semblé entendre Drac. Araminta, tu entends quelque chose ?

J'ai tendu l'oreille.

— Errrgh...

Un faible grognement provenait de l'intérieur de la tourelle.

— Drac, Drac, ça va ? a hurlé tante Tabby. Tiens bon, Drac, on va te sortir de là !

— Errrgh... arrgh...

— Qu'est-ce qu'il fait là ? a demandé Wanda. Je croyais qu'il était en haut, avec les pommes de terre.

– Quelles pommes de terre ? a questionné tante Tabby d'un air soupçonneux.

– Ne t'occupe pas de Wanda, tante Tabby,
suis-je intervenue. Tu peux continuer à
creuser.

– Pourquoi ? a insisté Wanda la fouineuse.
Pourquoi personne ne veut-il m'expliquer
ce qu'il se passe ?

– Ça y est ! a lancé tante Tabby.

Elle avait creusé un tunnel à travers
l'énorme tas de caca de chauve-souris. Elle
a sorti sa lampe torche pour l'éclairer. Je
voyais les poutres au plafond, tout en haut
de la tourelle, là où oncle Drac accroche
son sac de couchage. Il n'y était plus.

– Tiens la pelle, Araminta, m'a dit tante
Tabby. J'y vais.

Alors, pelle à la main, je l'ai regardée se

faufiler par la trappe de caca et disparaître.

– Berk, a dit Wanda en se bouchant le nez. C'est dégoûtant ! Comment peut-elle entrer là-dedans ?

– C'est simple : parce qu'oncle Drac vient de tomber de quatre étages, du haut de la tourelle, et qu'elle va le sauver.

Wanda a eu l'air surpris.

– Mais je croyais que tu avais dit...

– Et je vais y entrer aussi pour l'aider, ai-je décrété, en décidant que ramper au milieu de quelques tonnes de caca de chauve-souris, ce serait toujours mieux que de vouloir expliquer quoi que ce soit à Wanda.

En fait, c'était bien pire que d'expliquer quelque chose à Wanda. L'odeur était atroce, et il y avait des passages particulièrement mous et visqueux. Mais j'ai continué à grimper, et bientôt, je me suis retrouvée sur le plancher de la tourelle. Enfin, pas exactement sur le plancher... mais sur le tapis de caca de chauve-souris qui recouvre le plancher. Et là, par terre sur le tas de caca, il y avait un grand sac de couchage à fleurs.

– Errrgh... a gémi le sac de couchage.

Tante Tabby était agenouillée à côté, et je voyais les yeux d'oncle Drac qui papillotaient dans son visage tout blanc. Il n'avait pas l'air en forme.

— Tout va bien, Drac, a dit tante Tabby, avec l'air de quelqu'un qui pense que ça ne va pas du tout.

— Non... non, ça ne va pas, a bredouillé oncle Drac. Il est arrivé une catastrophe.

— Oh, Drac, chéri, dis-moi. Que... Qu'est-ce qui s'est passé ? Qu'est-ce que tu as fait ? a demandé tante Tabby, le souffle coupé par l'émotion.

Oncle Drac a soulevé la tête. Tante Tabby et moi, on s'est approchées pour entendre ce qu'il allait dire. On se disait toutes les deux que c'était peut-être ses dernières paroles !

LE PLACARD À BALAIS

Le lendemain matin, la voix de tante Tabby a retenti jusque dans notre chambre du samedi :

– Oncle Drac est revenu de l'hôpital ! Rien de grave, deux jambes cassées !

– Deux jambes cassées ? ai-je répété. Mais c'est horrible, tante Tabby.

– Toujours mieux que trois, mon ange, a-t-elle répondu d'un ton brusque. Il se repose dans le placard à balais. Je vous demande de ne pas chahuter, toutes les deux, et de le laisser tranquille.

Wanda s'est assise dans son lit, les cheveux en pétard, comme tous les matins.

– Qu'est-ce qu'il fait dans le placard à balais ? a-t-elle demandé. Il ne serait pas mieux dans son lit ?

– Oncle Drac n'a pas de lit, bêtasse, ai-je répondu. Normalement, il dort dans son sac de couchage dans la tourelle.

– Pourquoi ? a-t-elle demandé en se frottant les yeux.

– Je ne sais pas. Parce qu'il aime bien être avec ses chauves-souris, je suppose. Viens, on va le voir.

– Mais tante Tabby a dit...

– Ah là là, ai-je soupiré. Si tu te mets à écouter tout ce que dit tante Tabby...

Allez, debout, Wanda ! ai-je ordonné en tirant sur sa couette.

Le placard à balais se trouve au rez-de-chaussée, près de la porte de derrière. Les grenouilles de Barry attendaient dehors, et on a entendu la voix de Barry qui sortait du placard. Il se disputait avec oncle Drac.

– Je ne vois pas pourquoi tu fais autant d'histoires, Drac, ronchonnait-il. Je t'ai dit que j'y allais dans une minute.

– Tu m'avais promis de livrer hier soir, s'est plaint oncle Drac.

– C'est faux, a protesté Barry. Je t'ai promis que je les livrerais. Je n'ai jamais dit que je transporterais ces fichus machins cette nuit. C'est ridicule, Drac.

– Ce n'est pas ridicule, a grondé oncle Drac. Ça fait des années que je les livre la nuit. C'est le moment où le vieil Émilien les attend, et qui plaît aux champignons.

– Comment diable peux-tu savoir ce qui plaît aux champignons ? a demandé Barry.

– Je comprends les champignons, a rétorqué oncle Drac. Les champignons et moi, on a plein de choses en commun. On aime l'obscurité, le calme et la tranquillité. Va-t'en, maintenant, ferme la porte, et fiche-moi la paix.

Barry est sorti du placard à balais d'un pas pesant, manquant écraser l'une de ses grenouilles.

– À votre place, je n'entrerais pas là-dedans, nous a-t-il dit. Il est de très mauvais poil. Quelqu'un a envie de faire un petit tour à la champignonnière ? J'aurais besoin d'un coup de main.

Il a ramassé ses grenouilles pour les fourrer dans sa poche.

– Je viens, p'pa, a dit Wanda.

Et elle a filé sans même prendre la peine de voir comment allait oncle Drac.

J'ai ouvert la porte du placard à balais et glissé un œil à l'intérieur. Il faisait vraiment sombre et sinistre, là-dedans. Comme oncle Drac n'aime pas beaucoup la lumière, tante Tabby avait bouché la lucarne avec une couverture. Je me suis faufilée dans le placard et j'ai refermé la porte. Tout ce que je voyais, c'était ses deux plâtres blancs calés sur un tabouret ; mais oncle Drac, qui voit très bien dans le noir, a dit :

– Salut, Minty. Tu peux allumer, si tu veux. Autant que je reprenne mon tricot.

– Ton tricot, oncle Drac ?!

J'étais un peu estomaquée. Je ne savais pas qu'il aimait tricoter.

– D'après tante Tabby, ça empêche les gens de geindre, a-t-il expliqué d'un ton morne.

Il a brandi sous mon nez une paire d'aiguilles à tricoter et une pelote de laine verte.

– Je me méfierais, à ta place, Minty. Un seul geignement, et elle va t'obliger à tricoter une écharpe, toi aussi.

J'ai regardé le méli-mélo de laine verte qui pendait sous les aiguilles.

– C'est une écharpe, ça, oncle Drac ?

– Évidemment que c'est une écharpe. Ça ne se voit pas ?

Puis il a ajouté :

– Minty, tu veux me rendre un service ?

– Bien sûr, oncle Drac.

– Tu pourrais aller voir dans la tour aux chauves-souris si Big Bat s'est fait... écraser ?

– Écraser, oncle Drac ?

– Heu, oui. J'ai atterri sur lui hier soir. Et je ne l'ai vu nulle part quand tante Tabby et Barry m'ont sorti de là.

– Eh bien, dans ce cas, j'imagine qu'il doit être pas mal écrasé, ai-je répondu. Écrabouillé, même. Tu pèses ton poids, oncle Drac. Surtout comparé à Big Bat.

Oncle Drac a gémi.

– Tu as mal aux jambes ? ai-je demandé.

– Big Bat, Minty ! Big Bat ! Pars à sa recherche, d'accord ?

Je n'ai pas répondu tout de suite, parce que je venais de remarquer quelque chose d'assez intéressant. Deux pieds en métal pointus dépassaient de sous une pile de manteaux ; j'avais trouvé où se cachait messire Horace ! J'ai préféré me taire, pour éviter qu'il ne disparaisse de nouveau. Tant qu'il croirait que personne ne savait où il était, il y avait des chances pour qu'il ne bouge pas.

J'ai laissé oncle Drac à son tricot pour essayer de retrouver Big Bat. Je n'en avais aucune envie, parce que je ne suis pas fan de chauves-souris écrasées, personnellement, et Big Bat devait représenter une belle flaque de chauve-souris écrasée. Mais je savais que, tricot ou pas, oncle Drac ne me lâcherait pas tant que je ne l'aurais pas fait.

Devant la trappe, j'ai trouvé quatre sacs de caca de chauve-souris calés contre le mur – Barry et Wanda étaient en train de préparer la livraison d'oncle Drac. Mon oncle dirige Les Chauves-Souris de Dracomir : il fournit du caca de chauve-souris aux fermiers des environs, qui s'en servent comme engrais. Mais son commerce ne marchait pas fort ces derniers temps, et il n'avait plus qu'un seul client, la champignonnière d'Émilien, près de la plage.

J'ai respiré à fond et je me suis glissée dans le tunnel. Arrivée en haut, je ne voyais pas grand-chose. Il y avait des chauves-souris qui volaient partout, et il pleuvait du caca de chauve-souris.

Barry et Wanda finissaient de remplir le dernier sac. Wanda le maintenait ouvert d'une main, tout en tenant de l'autre un grand parapluie pour se protéger de la pluie de caca.

– Vous voulez de l'aide ? ai-je proposé.

— Oh, trop aimable à toi, a répondu sèchement Wanda. Mais papa et moi, on a terminé.

Barry a balancé la dernière pelletée de caca dans le sac, puis ils l'ont tiré tous les deux jusqu'aux quatre autres sacs, dans le couloir. J'ai cherché Big Bat quelques minutes, mais je n'y voyais strictement rien. Tout était recouvert d'une couche de caca fraîche, piétinée par Barry et Wanda. J'ai décidé que Big Bat était sans doute de l'histoire ancienne. Mais je ne voulais pas aller dire ça à oncle Drac. En tout cas pas tout de suite.

— Bon, a dit Barry tandis que je ressortais par la trappe, portons ces sacs dans la fourgonnette.

Barry avait amené la fourgonnette d'oncle Drac à la porte de derrière. Ils ont hissé les sacs à l'intérieur, et je leur ai indiqué où les mettre. Puis ils sont montés dans la fourgonnette. Wanda a claqué la portière et Barry a démarré.

– Hé, et moi, alors ? ai-je crié en cognant sur la vitre de Wanda.

Elle a baissé sa vitre. Ces stupides grenouilles étaient assises à côté d'elle.

– Il n'y a pas la place, a-t-elle dit.

– Oh, mais si. Je peux m'asseoir à la place des grenouilles.

– Tu ne peux pas, a répliqué Wanda, tu vas les écraser. Tu n'as qu'à aller derrière, si tu veux venir.

– Tu rigoles, ai-je dit.

– C'est toi, Minty ?

C'était la voix d'oncle Drac, qui venait du placard à balais.

– Minty, tu as retrouvé Big Bat ?
Minty ?!

J'ai ouvert le hayon de la fourgonnette
et j'ai sauté dedans. Je l'ai vite regretté.
L'odeur était ré-pu-gnante.

4

LA CHAMPIGNONNIÈRE

C'était horrible d'être à l'arrière de la fourgonnette d'oncle Drac.

L'ennui, c'est que Barry et Wanda avaient pris la mauvaise sorte de caca. Oncle Drac sélectionne toujours le vieux caca desséché, mais eux, ils avaient rempli les sacs de caca frais. Pas du tout agréable, celui-là.

L'autre ennui, encore pire, c'est que Barry ne sait pas conduire. Il n'aime pas quand il y a d'autres voitures. Dès qu'il en voit une, il freine brusquement, ou bien il accélère à fond pour s'en débarrasser. En deux secondes chrono, j'avais super envie de vomir. Je me suis appuyée contre les sacs cracra et visqueux et j'ai poussé un gémissement ; et l'un des sacs visqueux m'a balancé un coup dans les côtes.

– Aïe ! ai-je crié.

J'étais tellement surprise que j'ai bondi et que je me suis cogné la tête au plafond.

– Ouille !

Puis, en retombant, j'ai atterri sur le sac, qui a poussé un couinement aigu. Pile à ce moment-là, la fourgonnette a pris un virage tellement serré que tous les sacs ont glissé sur le côté, en m'entraînant avec eux. Le sac cogneur s'est renversé en déversant

du caca partout. Ça, et autre chose : Big Bat.

Big Bat ressemble à oncle Drac, c'est pour ça qu'ils s'entendent si bien. C'est une vieille chauve-souris bougonne, qui n'aime pas du tout être dérangée ; et vu qu'on l'avait déjà pas mal dérangée ces derniers temps, je l'ai laissée tranquille. Elle a secoué ses ailes, et elle est allée se blottir en se dandinant dans le coin le plus reculé de la fourgonnette, l'air courroucé. Mettez-vous à sa place.

J'étais vraiment contente d'avoir retrouvé Big Bat. Alors que je pensais à la joie d'oncle Drac quand je lui annoncerais la nouvelle, Barry a pilé. Big Bat, moi et tous les sacs, on a valsé vers l'avant. On était arrivés à la champignonnière.

Barry a ouvert les portières et je suis sortie en inspirant une grande goulée d'air frais.

– Tu as mis une de ces pagailles à l'arrière ! a observé Wanda d'un air désapprobateur, tandis que j'allais m'affaler en titubant sur un coin d'herbe.

– Moi ? ai-je suffoqué. Moi, j'ai mis la pagaille ?

Mais Wanda, qui, soit dit en passant, est censée être ma meilleure amie, n'a pas montré la moindre pitié pour le fait que j'étais peut-être en train de rendre mon dernier soupir. Elle a tourné les talons pour aller aider Barry à sortir les sacs. Pendant que celui-ci remettait tout le caca renversé dans le sac, je me suis souvenue de Big Bat, qui boudait dans un coin de la fourgonnette.

Je suis remontée à l'arrière, qui était le dernier endroit au monde où j'avais envie d'aller, et j'ai tiré Big Bat de là juste avant que Barry l'embarque dans sa pelle et le refourre dans le sac. Je l'ai suspendu là où il ne risquait rien : au rétroviseur. Les grenouilles n'ont pas eu l'air d'apprécier.

La champignonnière était un drôle d'endroit. On aurait dit un tas de vieilles ruines avec quelques cabanons délabrés au milieu, qui servaient de maisons aux champignons. Il n'y avait personne. C'était assez sinistre.

— Tu es toute pâle, Araminta, a dit Barry, qui, contrairement à sa fille, est quelqu'un d'attentionné. Vous devriez aller courir sur la plage, avec Wanda, pendant que je vais chercher le vieil Émilien.

La petite route qui partait de la champignonnière menait à une falaise. Wanda et moi, on a descendu un escalier en bois et on a couru sur la plage. C'était marée basse, et il y avait plein de sable humide à balancer sur Wanda. Mais elle en a vite eu assez, et elle est partie explorer les grottes au pied de la falaise.

Une vieille histoire raconte que ce sont des grottes de contrebandiers et qu'il y en a une qui va jusque chez nous. Un jour, j'ai demandé à tante Tabby si c'était vrai, mais elle a juste répondu qu'il ne faut pas croire tout ce qu'on entend et pourquoi des contrebandiers feraient tout ce chemin jusqu'à notre maison, alors qu'il y en a plein d'autres plus près de la plage ? La vraie question, à mon avis ce serait plutôt de savoir pourquoi des contrebandiers voudraient se rendre dans une maison habitée par tante Tabby. Il faudrait vraiment chercher les embrouilles.

Wanda avait disparu dans une petite grotte. J'ai attendu qu'elle ressorte, en vain. Comme je m'ennuyais toute seule sur la plage, j'ai fini par aller voir ce qu'elle fabriquait.

La grotte sentait les algues. Elle était très étroite, avec un haut plafond taillé dans le roc et du sable par terre. J'ai cherché Wanda, mais je ne l'ai pas trouvée. J'ai pensé qu'elle s'était peut-être cachée pour me sauter dessus par surprise, mais je ne voyais pas la moindre cachette.

– Wanda ! ai-je crié. Hé, Wan-daaa !

– Wanda Wanda Wandaaaaaaa, m'a répondu l'écho.

Je me suis enfoncée dans la grotte en allumant ma lampe torche (pour mon anniversaire, oncle Drac m'a offert une lampe torche-porte-clés que je garde toujours sur moi, au cas où). J'ai pensé que Wanda se cachait peut-être quelque part dans l'ombre. Elle trouve ça drôle de faire ça quelquefois – elle est bien la seule. Alors j'ai éclairé partout. J'ai fini par atteindre le fond de la grotte, et toujours aucun signe de Wanda. Où était-elle passée ?

– Bouh ! a-t-elle crié en surgissant devant moi. Ha ha ! Je t'ai eue ! Je t'ai eue !

– Ne recommence pas ça, ai-je protesté. Où étais-tu ?

– Là-haut, a-t-elle répondu, toute fière, en me désignant le plafond de la grotte.

– Ne dis pas n'importe quoi, Wanda. Comment aurais-tu fait pour grimper ?

– Viens, je vais te montrer, a-t-elle dit en allumant sa propre lampe torche.

(La copieuse !)

Je m'étais tellement attendue à ce que Wanda me bondisse dessus que je n'avais pas remarqué qu'il y avait des marches étroites taillées dans la paroi de la grotte. Je l'ai suivie jusqu'à un petit rebord tout en haut. Il y avait juste assez de place pour nous deux, le reste de la surface étant occupé par un énorme tas de rochers qui atteignait presque le plafond.

Wanda était super excitée.

– Regarde ce que j'ai trouvé ! m'a-t-elle lancé.

Elle a braqué sa torche sur une étroite fissure entre les rochers, et j'ai regardé dedans. D'abord, je n'ai pas vu de quoi elle parlait, mais ensuite, comme elle déplaçait la lumière, j'ai aperçu des reflets métalliques.

– C'est une épée, a dit Wanda.

– Comment tu le sais ?

– Je l'ai observée pendant des heures. J'en suis sûre. Vas-y, vérifie !

– Je ne demanderais pas mieux, si tu ne me marchais pas sur les pieds, ai-je rétorqué.

C'est étonnant comme Wanda a de grands pieds pour quelqu'un de si petit, et elle porte de grandes bottes, aussi.

Elle a ôté son pied et j'ai collé mon œil à la fissure. Ça m'embêtait, mais il semblait bien qu'elle avait raison. De l'autre côté du gros tas de rochers, je voyais une autre grotte, petite et ronde. Et au milieu, par terre, sur le sable, se trouvait une épée. Une vraie grosse épée, pas de la rigolade.

— Ce serait génial comme cadeau de cinq centième anniversaire pour messire Horace, a dit Wanda.

De nouveau, j'ai dû admettre qu'elle avait raison.

— Oui, si on pouvait mettre la main dessus, ai-je précisé. Mais on n'a aucun moyen de se faufiler à travers ces rochers.

– Sans doute pas, a reconnu Wanda d'un ton déçu. De toute façon, il faut qu'on y aille. Papa va se demander où on est.

Tout le long du retour à la champignonnière, j'ai pensé à l'épée et à l'anniversaire de messire Horace. Et juste avant d'arriver à la fourgonnette, j'ai annoncé à Wanda :

– Je crois que je sais comment on peut récupérer l'épée pour messire Horace.

– Comment ?

– Je te le dirai plus tard. J'ai un Plan.

LE VIEIL ÉMILIEN

Une fois à la champignonnière, mon Plan m'est complètement sorti de la tête.

En arrivant au portail, on a entendu quelqu'un qui criait, et ce n'était pas Barry. Puis on a vu un homme grand et mince avec une queue-de-cheval qui poussait Barry hors de la cabane aux champignons. La voix qui criait était celle d'Émilien Dumilley, le propriétaire de la champignonnière, ou le vieil Émilien, comme l'appelle oncle Drac.

— Écoutez, hurlait-il, j'mets plus qu'des engrais chimiques bien propres, maintenant, qu'on me livre dans des sacs bien propres à une heure raisonnable ! Vous pouvez dire à c'vieux schnoque de Drac une fois pour toutes que je ne veux plus de ses saletés ! C'est compris ?

— Mais... a voulu argumenter Barry.

Mais l'homme à la queue-de-cheval avait encore beaucoup de choses à dire :

— J'sais pas ce qu'il a dans l'crâne, à débarquer avec ses sacs au beau milieu d'la nuit en réveillant tout l'monde, à m'esspliquer comment j'dois m'occuper d'mes champignons, sans écouter un mot quand j'lui dis que j'veux plus de son truc. Hé bé, j'vous le dis à vous, j'en ai par-dessus la tête ! C'est compris ?

– Heu, oui, a dit Barry. Je crois que oui.

– Tant mieux, a riposté l'homme à la queue-de-cheval. Et vous pouvez reprend' vos sacs puants avec vous.

Là-dessus, il est rentré dans la cabane en claquant la porte avec autorité.

Barry a commencé à traîner les sacs jusqu'à la fourgonnette. Il avait l'air embêté. Au retour, j'étais assise à l'avant. Il était hors de question que je retourne avec les sacs. L'une des grenouilles de Barry manquait à l'appel, et on aurait dit que Big Bat avait grossi, tout à coup.

– Je suis sûr que j'avais cinq grenouilles ce matin, a dit Barry.

– Oui, papa, moi aussi, a assuré Wanda.

Elle m'a fusillée du regard, comme si j'y étais pour quelque chose. Pendant tout le

chemin, Big Bat est resté accroché au rétroviseur, et chaque fois que Barry y jetait un
coup d'œil, Big Bat le fusillait du regard, lui
aussi. Exactement comme fait oncle Drac.

— Qu'est-ce qu'il va dire, Drac ? a marmonné Barry.

Il a pris un tournant à fond de train et Big
Bat s'est cogné la tête contre le pare-brise.

— Pas mal de choses, à mon avis, ai-je
répondu.

— Il va penser que c'est ma faute, a dit Barry.

— Ça, c'est sûr, ai-je confirmé.

— Il va dire que c'est ma faute parce que je n'ai pas livré cette nuit.

— Ça aussi, c'est sûr, ai-je répété.

Barry n'a plus ouvert la bouche pendant tout le reste du trajet.

À notre arrivée, Barry s'est garé devant

la maison, pour qu'oncle Drac ne puisse pas l'entendre. J'ai décroché Big Bat du rétroviseur. J'étais pressée de l'amener à oncle Drac. Mais je n'étais pas pressée qu'il apprenne ce que le vieil Émilien avait dit.

— Tu vas lui raconter ce qui s'est passé ? ai-je demandé à Barry.

Il a grogné quelque chose en cherchant une grenouille, la tête enfouie sous le siège.

— Il faudra bien le lui dire un jour, papa, a observé Wanda.

Barry a sorti la tête pour respirer.

— Plus tard, a-t-il répondu. Je le lui dirai plus tard, quand il ira mieux.

— Tu veux dire quand TOI, tu iras mieux, a rectifié Wanda.

Barry a soupiré. Il a enlevé son chapeau et claqué des doigts. Toutes les grenouilles qui ne s'étaient pas fait manger par Big Bat ont sauté dessus. Barry l'a remis sur sa tête et il est allé chercher les sacs dans la fourgonnette.

Je me suis approchée du placard à balais sur la pointe des pieds, j'ai entrouvert la porte et j'ai lancé Big Bat à l'intérieur. Ça ne gêne pas les chauves-souris quand on les lance. Elles s'envolent et vont où elles veulent précisément ce qu'a fait Big Bat. Il a volé jusqu'au coin où s'etait caché messire Horace et s'est installé sur un vieux manteau.

– Big Bat... Oh, Big Bat ! a bredouillé oncle Drac.

Il avait l'air vraiment heureux. J'ai risqué un coup d'œil par la porte, et je me suis fait repérer.

— Minty ! Je savais que tu retrouverais Big Bat, m'a-t-il dit avec un grand sourire. Où était-il ?

— Dans un sac... Je veux dire, dans un endroit tranquille, oncle Drac. Il va très bien. Très très bien.

Oncle Drac avait l'air tellement content que je n'ai pas voulu tout gâcher en parlant des champignons.

Alors je n'ai rien dit. L'ennui, c'est qu'oncle Drac, lui, en a parlé.

— Est-ce que Barry a fait la livraison à la champignonnière ? a-t-il demandé en prenant son drôle de tricot vert.

— Oui, oncle Drac. Chouette écharpe que tu tricotes là.

— Ah bon, tu trouves, Minty ? Et Barry, il a bien livré personnellement au vieil Émilien, hein ?

— Oh oui ! Pour ça, il l'a vu en personne, oncle Drac. Aucun doute là-dessus. Ton écharpe est déjà longue, non ?

— Oui, je manquerai bientôt de laine. Le vieil Émilien n'a pas râlé à cause du retard, Minty ?

— Je vais te chercher de la laine, oncle Drac. Je reviens tout de suite.

Ouf. En sortant du placard à balais à toute vitesse, j'ai bousculé Wanda.

— Tu lui as dit ? a-t-elle chuchoté.

— Non. Barry n'a qu'à le faire. Et puis, on a du boulot. J'ai un Plan, tu te rappelles ?

— Quel genre de Plan ? a-t-elle demandé d'un ton soupçonneux.

DE LA FICELLE

La ficelle, c'est très important quand on va explorer un passage secret. Le problème, c'est que je n'en trouvais pas. Tout le reste était prêt dans mon Nécessaire à Passage Secret : ma grosse lampe torche, mes chips au fromage et à l'oignon et une canette de Coca-Cola. Mais plus de ficelle. J'ai supposé que c'était tante Tabby qui l'avait prise.

Wanda m'énervait à me poser tout un tas de questions sur mon Plan, mais je lui ai dit que ça n'était pas la peine que j'explique, puisqu'il ne se passerait rien tant qu'on n'aurait pas de ficelle. Alors elle est allée en chercher, pendant que je réfléchissais à mon Plan, assise dans l'escalier.

C'était un Plan super génial, comme tous mes Plans, quoi. On allait récupérer l'épée dans la grotte et l'offrir à messire Horace pour son anniversaire. Et comment allait-on faire ça ? Oui : vous avez deviné, on allait passer par le passage secret des contrebandiers. C'était pas une super idée, ça ?

Plus j'y pensais, plus j'étais sûre que tante Tabby avait tort de croire que les contrebandiers ne voudraient pas venir chez nous. C'était vraiment une chouette maison pour des contrebandiers – avec plein de pièces où cacher des trucs, et assez loin de la mer pour que personne ne se doute de rien. Quand j'avais découvert le passage secret qui menait à la chambre de messire Horace, je l'avais suivi jusque derrière la chaufferie, au sous-sol. C'est dans cette partie du passage que vit Edmond. Je n'étais pas allée plus loin, mais j'avais vu que ça continuait. Et où est-ce que ça pouvait conduire, si ce n'est à la grotte ? Franchement, c'était évident.

Puis Wanda est revenue avec une énorme pelote de ficelle verte.

— Maman m'a laissé prendre ça dans sa collection qui a eu le prix de la Plus Belle Collection de ficelles, a-t-elle annoncé. Mais elle veut que je la rapporte.

J'ai souri. Wanda peut même être sympa, quand elle veut.

– Bon, tu m'expliques ton Plan, maintenant ? a-t-elle demandé.

Peu après, on était sur la vieille échelle branlante qui descend de la chambre de messire Horace. Ça faisait peur à Wanda. Elle disait des trucs comme :
– Mais il y a peut-être des créatures horribles qui vivent en bas.
Ou :
– Comment sais-tu que ça mène à la grotte ?
Ce à quoi je lui répondais très patiemment, et j'avais du mérite, parce que dès qu'elle parlait, ça faisait trembler l'échelle. En plus, je me tenais d'une seule main, puisque c'était moi qui portais la lampe torche.

À mi-hauteur de l'échelle, Wanda s'est arrêtée brusquement et s'est mise à gémir :

— Imagine qu'on se perde et qu'on ne retrouve jamais la sortie, et qu'on passe le reste de notre vie à errer dans le noir pour toujours ?

L'échelle tremblait tellement fort que j'ai failli tomber.

— Oh ! tais-toi, Wanda.

Elle n'a plus rien dit.

On est bientôt arrivées au bas de l'échelle, et il était temps, parce que Wanda avait l'air de plus en plus accablé.

— Écoute, Wanda, ai-je dit avec patience. On a attaché le bout de la ficelle verte à la porte secrète, non ?

Elle a hoché la tête.

— Et tu tiens la ficelle, non ?

Nouveau hochement de tête.

— Donc, il suffit qu'on déroule la ficelle de ta mère jusqu'à ce qu'on arrive à la grotte. Là, on prend l'épée, et on suit la ficelle pour rentrer. C'est du gâteau. Impossible de se perdre, tu comprends ?

— Sans doute, a admis Wanda.

Elle a réfléchi quelques instants avant d'ajouter :

— Sauf si quelque chose mange la ficelle.

— Ne dis pas de bêtises, Wanda.

— Et si une créature commençait à manger la ficelle, la ficelle la conduirait droit jusqu'à nous, et là, elle nous mangerait aussi ! a gémi Wanda.

— Oh, tais-toi, Wanda.

Le passage secret ressemblait de plus en plus à un tunnel normal. Les murs étaient en brique, et le plafond voûté, en brique aussi, était assez haut pour qu'on se tienne debout facilement. Le sol était dur, comme de la terre battue, et tapissé de sable. Il faisait bon, parce qu'on approchait de l'endroit où le passage longe la chaufferie. Je cherchais Edmond des yeux, mais c'est Wanda qui l'a vu en premier.

— Salut, Edmond, a-t-elle dit.

Il venait d'apparaître à un tournant du couloir et s'approchait de nous en flottant. Contrairement à messire Horace, qui a l'air d'une vieille armure, Edmond ressemble à un vrai fantôme. C'est un garçon d'une dizaine d'années, je dirais, mais presque transparent, avec une sorte de lueur verte tout autour de lui. Il a une coupe de cheveux au bol et il porte une tunique avec une longue capuche comme au Moyen Âge, et une chouette épée à sa ceinture.

– Bien le bonjour, Wanda. Bien le bonjour, Araminta, a dit Edmond avec son drôle d'accent démodé.

Mes cheveux se sont hérissés sur ma nuque, comme chaque fois qu'il parle. Sa voix fait une sorte de bruit creux, et on ne sait pas trop d'où elle vient.

Edmond flottait devant nous d'une manière un peu agaçante, et, en gros, nous bloquait le passage. On voyait bien qu'il avait dû être un garçon carrément énervant, autrefois.

– Excuse-nous, Edmond, ai-je dit, on aimerait bien passer. Ça t'ennuierait de te pousser sur le côté ? On ne va quand même pas te passer au travers !

– Où allez-vous ? a-t-il demandé.

J'allais lui répondre que ça ne le regardait pas, quand Wanda s'en est mêlée :

– On va récupérer l'épée dans la grotte des contrebandiers. Tu peux venir avec nous, si tu veux, Edmond.

– Non, il ne peut pas, suis-je intervenue. On est pressées, et Edmond flotte super lentement.

En plus, Edmond n'est franchement pas rigolo comme fantôme, avec un côté petit garçon modèle. Mais ça, j'étais trop polie pour le dire.

— Vous devez faire demi-tour, a dit Edmond de sa voix glaçante. Vous n'avez pas le droit d'aller plus loin.

— N'importe quoi, ai-je rétorqué en essayant de le pousser.

C'était horrible. Ma main l'a traversé en entier. Tout à coup, j'étais frigorifiée. Je me suis mise à claquer des dents tellement je grelottais, et quand j'ai retiré mon bras, tous mes poils étaient couverts de petits glaçons.

— Arrgh ! ai-je crié.

— Quoi ? a couiné Wanda, effrayée. Qu'est-ce qu'il y a ?

– C'est Edmond ! Il est glacial ! C'est atroce. Brrr.

J'ai été prise d'un nouveau frisson. C'était plus fort que moi.

Quand Wanda a vu tous les glaçons sur mon bras, elle a ouvert des yeux si grands que j'ai cru qu'ils allaient tomber. J'ai pensé que, d'une seconde à l'autre, elle allait totalement paniquer.

Pas du tout. Elle a tiré quelque chose de sa poche et à toute vitesse, en un éclair, elle a lancé un nuage de poudre brillante sur Edmond. Poufff.

La poudre est retombée sur lui comme de la neige. Edmond est resté tout surpris, puis il a bâillé, s'est allongé par terre sur le sable, et il s'est endormi. J'étais épatée.

– Qu'est-ce que c'était ? ai-je demandé.

– De la Neige Soporifique. C'est papa qui me l'a donnée. Pas mal, non ?

– Pas mal ? Sensationnel, tu veux dire !

Barry est prestidigitateur, et il nous montre parfois des tours, mais je n'en avais jamais vu d'aussi fort.

– Alors tu viens ? a dit Wanda. On ferait mieux d'y aller.

Et elle s'est remise en route en déroulant la pelote de ficelle verte.

– Hé, Wanda ! ai-je crié. Attends-moi !

7

LE TUNNEL SECRET

Peu après avoir dépassé Edmond, on a remarqué un changement dans l'air. Il faisait froid et humide à présent, et ça sentait la terre. Les murs du tunnel avaient changé aussi. Ils étaient maintenant grossièrement taillés dans le roc. À la lumière de ma torche, on voyait des rochers humides, et on a su qu'on n'était plus sous la maison. Cette fois, c'était du sérieux.

Le tunnel était assez large pour qu'on

puisse marcher côte à côte, Wanda et moi.
Au bout d'un moment, elle a chuchoté :

– À quelle profondeur tu crois qu'on est ?

– Je ne sais pas, ai-je répondu sur le
même ton. Pourquoi on chuchote ?

– Parce qu'on a la trouille, a chuchoté
Wanda.

– Pas du tout ! ai-je protesté bien fort.

Ma voix a sonné creux, comme celle
d'Edmond. Bon, on avait peut-être un peu
la trouille.

C'était son truc, à Wanda, la ficelle. Elle continuait à la dérouler en marchant. Quand je me retournais, je voyais le fil qui courait dans le tunnel. C'était rassurant de se dire que l'autre bout était toujours là-bas, attaché à la porte secrète sous l'escalier du grenier.

On marchait depuis près d'une demi-heure, et je supposais qu'on devait être sous la champignonnière, quand tout à coup, on a pris un tournant et Wanda a dit :

– On va par où, maintenant ?

Devant nous, le tunnel se divisait en deux

tunnels plus petits. Ils paraissaient aussi étroits et aussi sombres l'un que l'autre. Aucun des deux ne m'inspirait.

– Je ne sais pas, ai-je avoué. Tu veux des chips ?

Les chips au fromage et à l'oignon, ça aide à réfléchir. J'en suis certaine, parce que quand on a eu fini, on savait ce qu'on devait faire.

– À droite, ai-je décrété.

– À gauche, a affirmé Wanda.

Alors on l'a joué à pierre, feuille, ciseaux, en trois coups, et c'est Wanda qui a gagné. Puis en cinq coups, et c'est moi qui ai gagné. Donc, on a pris à droite.

Grave erreur.

Au début, ça allait. À peu près. Ça sentait bizarre dans le tunnel que j'avais choisi. Ça me rappelait quelque chose, mais je ne voyais pas quoi. Juste quand j'allais me rappeler quelle odeur c'était, Wanda a dit :

– Et maintenant, par où ?

À l'entendre, on aurait cru que c'était ma faute si le tunnel se divisait à nouveau ; et en trois, cette fois.

– Celui du milieu, ai-je dit.

– Pourquoi ? a demandé Wanda.

– Pourquoi pas ? ai-je répliqué. Ce n'est pas grave si ce n'est pas le bon. On peut toujours faire demi-tour en suivant la ficelle et en prendre un autre.

Wanda s'est mise à râler :

– Si on joue à ça, ça peut durer des jours. Et il ne nous reste plus beaucoup de ficelle.

On a pris le tunnel du milieu, qui n'était

pas mal, pour un tunnel, mais ça sentait toujours bizarre. Et puis, brusquement, Wanda a poussé un hurlement :

– Arrgh !

J'ai lâché ma torche.

– Ah, beurk ! Oh, argh !

Wanda sautillait sur place comme si on l'avait mordue.

– Qu-qu'est-ce qu'il y a ?

– J-j-ai marché sur un cadavre... a couiné Wanda. C-c'était tout mou, et horrible ! Mon pied est passé à travers.

Elle m'a agrippée en frissonnant.

– Je veux rentrer à la maison, a-t-elle chuchoté.

Comme ça, on était deux.

J'ai ramassé ma lampe torche et Wanda a poussé un nouveau hurlement.

– C'est tout blanc partout ! a-t-elle crié. Regarde...

Je n'avais aucune envie de regarder, mais je me suis forcée. La lampe torche a éclairé le sol, et j'ai vu le truc le plus bizarre que j'aie jamais vu : une sorte de tapis blanc noueux qui s'étalait devant nous.

– Des champignons. Tu as marché sur des champignons, ai-je grommelé, énervée.

Wanda a regardé par terre.

– Oh, a-t-elle murmuré.

Puis elle a ajouté :

– Dans ce cas, c'était des champignons géants, Araminta, je te jure. Regarde... ils sont énormes. Essaie un peu de marcher sur un gros tas de champignons monstrueux dans un horrible tunnel tout noir qui sent mauvais, et tu verras l'effet que ça fait.

— C'est justement ce que je viens de faire, ai-je observé, et ça va très bien. Et je ne me suis pas non plus mise à hurler dans les oreilles des autres à les rendre sourds.

Wanda n'a rien dit. Alors j'ai ajouté, histoire de lui remonter un peu le moral :

— Enfin, au moins, comme ça, on sait où on est.

— Ben non, a objecté Wanda d'un ton abattu.

— Mais si. Ces champignons ont dû s'échapper de la champignonnière. Je te parie qu'on est juste en dessous. Ce qui veut dire qu'on y est presque. Allez, viens, Wanda. Ça vaut le coup, si c'est pour trouver l'épée.

— Si on la trouve, a marmonné Wanda entre ses dents.

Après, on n'a plus parlé beaucoup, sauf pour dire « à gauche », « à droite », « à gauche – non, à droite », et « oh, je m'en fiche, tu décides ». L'ennui, c'est que le tunnel n'arrêtait pas de se diviser, et qu'on n'avait aucune idée de quelle branche menait à la grotte. C'était un vrai labyrinthe, un horrible labyrinthe de champignons. Au début, j'avais de la peine pour eux de devoir les écraser, et puis, ils ont commencé à m'énerver. Et ça glissait, en plus.

On espérait toujours que, la minute d'après, on allait tomber sur la grotte avec l'épée. Mais non. Tout ce sur quoi on tombait, c'était la ficelle verte, ce qui voulait dire qu'on était déjà passées par là je ne sais combien de fois. Au bout d'un moment, Wanda a dit :

– Ça ne va pas. On tourne en rond.

Pour une fois, elle avait raison.

8

LA HERSE

Tourner en rond, ce n'était pas le truc de Wanda. Elle l'a assez mal encaissé.

– D'accord, Wanda, ai-je dit. Si on n'a pas trouvé l'épée dans cinq minutes, on fait demi-tour.

– Promis ? a-t-elle demandé.

– Promis.

Je savais qu'on serait bientôt obligées de rentrer, de toute façon, parce qu'on n'avait presque plus de ficelle.

Wanda a passé les quatre minutes et quarante secondes suivantes à regarder sa montre en comptant les secondes à voix haute. C'était très agaçant, d'autant plus que je tenais vraiment à trouver cette épée et à la donner à messire Horace pour son anniversaire.

Le tunnel s'était mis à descendre. Les champignons avaient disparu, et je savais qu'on n'était pas encore passées par là. Wanda était tellement occupée à surveiller sa montre qu'elle n'a pas vu quand brusquement, après un tournant, on est tombées dessus : la petite grotte ronde tapissée de sable, avec l'épée par terre au milieu, qui n'attendait que nous. J'étais sûre qu'on y arriverait !

Génial !

– Wanda ! me suis-je exclamée. Regarde !

Mais elle continuait à marmonner :

– Deux cent soixante-dix-huit secondes... Deux cent soixante-dix-neuf secondes... deux cent quatre...

– Wandaaa ! ai-je hurlé. On l'a trouvée !!

Elle s'est enfin arrêtée de compter pour lever le nez.

– Ouah ! a-t-elle murmuré.

Elle allait se précipiter à l'intérieur de la grotte, quand je me suis soudain rappelée ce que disait mon *Guide des Tuyaux Pratiques pour Passages Secrets*.

Tuyau Pratique n° 3 :

Méfiez-vous des pièges, surtout au début
et à la fin d'un tunnel. Combien d'intrépides
arpenteurs de tunnel sont arrivés au bout

des tunnels les plus secrets pour finir leur périple dans un piège sournois ? Hélas ! Beaucoup trop, comme nous, auteurs du *Guide des Tuyaux Pratiques pour Passages Secrets*, l'avons appris à nos dépens.

— Stop ! ai-je crié à Wanda.

Il était temps. Parce que pile au-dessus de nos têtes, à l'endroit où le tunnel débouchait dans la grotte, j'ai vu cinq horribles piques en métal pointées sur nous.

Wanda s'est arrêtée net.

— Qu'est-ce qui te prend de crier comme ça ? a-t-elle grommelé. Je croyais que tu la voulais, cette épée. Ce serait bête de renoncer maintenant que tout ce qui reste à faire, c'est...

– Wandaaa, ai-je soupiré avec une infinie patience. Lève les yeux, tu veux ?

Elle a regardé en l'air.

– Oh. C'est quoi ? a-t-elle demandé.

– C'est un piège. Un horrible piège.

Wanda a fixé les piques quelques instants, puis elle a dit :

– Mais non. C'est une herse.

Mademoiselle Wanda-Je-Sais-Tout Sorcel a croisé les bras d'un air satisfait.

– Ça, je le sais, ai-je répliqué. Je n'ai pas dit le contraire. C'est juste que c'est un piège. Un piège de herse, clairement.

– Clairement, a répété Mademoiselle la Maligne.

– Ce qu'il faut faire, c'est vérifier qu'il n'y a pas de fil invisible.

Wanda a pris un air inquiet :

– Pourquoi ?

– Parce que s'il y a un fil invisible et qu'on marche dessus, la herse va s'abattre sur nos têtes, voilà pourquoi.

– C'est horrible, a dit Wanda avec un frisson.

– Ces trucs-là, ça arrive tout le temps dans les tunnels secrets, ai-je précisé en haussant les épaules.

– Eh bien, tu as oublié de me le signaler quand tu essayais de me convaincre de venir avec toi, a ajouté Wanda en regardant les piques.

– Tu ne me l'as pas demandé.

Je me suis mise à plat ventre pour éclairer le sol, recouvert d'une épaisse couche de sable.

– C'est bon, ai-je conclu. Je ne vois pas

de fil invisible ni rien ; à mon avis, il n'y a pas de danger.

Apparemment, Wanda ne m'a pas crue. Elle s'est mise à quatre pattes pour vérifier par elle-même.

— Ouais... ça a l'air d'aller, a-t-elle marmonné.

— Tu veux passer en premier ? ai-je proposé.

Je voulais juste être polie, vu que tante Tabby me dit toujours de ne pas me précipiter pour passer devant les autres.

— Non merci, Araminta, a répondu Wanda en me regardant bizarrement. On va y aller ensemble.

Elle m'a pris la main et elle a crié :

— Un... deux... trois... Partez !

Alors on y est allées. On a bondi sous la

herse comme deux chauves-souris échappées d'un sac, et il ne s'est rien passé du tout. Les horribles piques sont restées où elles étaient, et on s'est enfin retrouvées dans la grotte.

– Oui !! me suis-je écriée en regardant Wanda avec un sourire de triomphe. On a réussi !

Elle a fait le tour de la grotte en courant, en donnant des coups de pied dans le sable et en hurlant :

– On a réussi ! On a réussi ! Youpi !!

Elle avait l'air contente, elle aussi.

Soudain, il y a eu un horrible bruit métallique, suivi d'un grand choc sourd. La grotte a été secouée comme s'il y avait eu un tremblement de terre.

C'était le piège de la herse qui venait de

s'abattre. Une grille de fer massive nous barrait à présent la sortie.

On est restées figées toutes les deux. Même Wanda a gardé le silence pendant un moment. Et quand elle a ouvert la bouche, il n'en est sorti qu'un filet de voix tremblante.

– On est prisonnières ! a-t-elle commenté.

Elle avait raison. Pour la deuxième fois.

9

LA GROTTE

Si Wanda n'avait pas bien encaissé de tourner en rond, elle a encore moins bien encaissé de se retrouver prisonnière dans la grotte. Je lui ai fait remarquer qu'il vaudrait mieux chercher un moyen de sortir que de sauter partout en hurlant.

On a d'abord essayé de soulever la herse, mais elle pesait une tonne. Elle n'a pas bougé d'un pouce. On a eu beau insister, il était clair qu'on n'y arriverait pas même en mille ans.

— Et puis, ce n'est pas la peine de hurler « Un, deux, trois… Ho-hisse ! » sans arrêt dans mes oreilles, ai-je signalé à Wanda. Ça ne va rien arranger si je deviens sourde, par-dessus le marché !

Ensuite, comme le sable était mou, j'ai pensé qu'on pourrait peut-être creuser un passage sous la herse, mais ça n'a rien donné. Il y avait des pierres sous le sable, et aussi une épaisse plaque de métal qui devait faire partie du piège.

— Allez, Wanda ! ai-je dit. Il faut qu'on soulève cette herse…

Rien à faire. Après, on a tenté plusieurs trucs idiots qui n'avaient aucune chance de marcher, mais on n'avait rien à perdre. On a essayé de se glisser dessous, mais ça ne passait pas. Wanda, qui est plus petite que moi, a voulu se faufiler par un des trous dans la grille, et elle a failli rester la tête coincée dedans. On a même pris l'épée comme levier pour tenter de soulever la plaque métallique qu'il y avait sous le sable. La herse était toujours en place, nous barrant le passage.

Puis Wanda a commencé à se comporter bizarrement. Elle s'est mise à secouer les barreaux en appelant à l'aide. Comme je n'en voyais pas l'intérêt, je suis allée m'asseoir près de l'épée pour réfléchir. Mais j'avais beau m'efforcer de penser, aucune idée ne venait. Assez vite, je n'ai plus pensé qu'à une chose : faire cesser les cris de Wanda.

– Tais-toi, Wanda ! ai-je dit.

– Tais-toi toi-même ! a-t-elle riposté.

Elle avait l'air vraiment en colère, mais au fond, je savais qu'elle avait aussi peur que moi. Moi, quand j'ai peur, je ne parle plus du tout, alors que quand elle a peur, Wanda pète un plomb.

– Tu veux une chips au fromage et à l'oignon ? lui ai-je proposé.

– Je n'ai pas faim.

Mais elle a cessé de hurler pour venir s'asseoir à côté de moi.

Après avoir mangé mes chips, je me suis sentie nettement mieux. J'ai décidé de jeter un coup d'œil sur l'épée, puisqu'on avait fait tout ce chemin pour ça. On voyait que ça avait été une super épée. Il y avait des jolies décorations sur le manche, avec des petites bosses sous la rouille et la poussière qui pouvaient bien être des pierres précieuses. Mais je devais reconnaître qu'elle m'avait plus impressionnée la première fois, et qu'à présent elle ressemblait plutôt à un vieux bout de ferraille. C'était le genre de truc que tante Tabby rapportait des brocantes, et qui faisait dire à oncle Drac avec un soupir qu'on avait déjà assez de vieilleries comme ça. N'empêche, je savais

que ce serait le cadeau d'anniversaire idéal pour messire Horace.

— Elle est géniale, non ? ai-je dit. Je suis sûre que messire Horace va l'adorer.

— S'il la voit un jour, a marmonné Wanda. Et ça, ça m'étonnerait. Parce que demain, pour son anniversaire, on sera toujours coincées ici. Et aussi après-demain. Et après-après-demain. Je ne reverrai jamais papa et maman, et tu ne reverras jamais ta tante Tabby et ton oncle Drac... sans parler de ce stupide messire Horace.

— Ça suffit, Wanda, l'ai-je coupée. Arrête tout de suite. On va sortir d'ici. Il y a toujours plusieurs moyens de sortir d'un tunnel secret.

— Avant, peut-être, a rectifié Wanda en me montrant le tas de rochers qui séparait la grotte de la caverne extérieure. Mais plus maintenant.

On est quand même allées voir du côté du tas de rochers. Je l'ai éclairé partout avec ma lampe torche, dans l'espoir de découvrir une fissure dans laquelle on pourrait se glisser, mais il n'y avait rien du tout. Rien que des moches gros rochers.

Wanda a collé l'œil sur un tout petit trou entre deux pierres.

– C'est là que j'ai regardé quand on était de l'autre côté, a-t-elle déclaré. Peut-être que si tu éclairais le trou avec ta lampe torche, des gens verraient la lumière sur la plage. Ou peut-être qu'il y a quelqu'un en train d'explorer la caverne.

On pouvait toujours essayer. Je ne lui ai pas fait remarquer qu'on ne pouvait pas

voir le fond de la caverne depuis la plage, ni qu'il commençait à être tard et que tout le monde devait être en train de rentrer chez soi. J'ai juste passé la lampe torche à Wanda.

Elle a éclairé le petit trou.

– Hou-hou ! a-t-elle crié, un peu comme

Brenda quand elle appelle son chat. Y a quelqu'un ?

Elle a collé l'oreille contre le trou pour écouter.

– Tu entends quelque chose ? ai-je murmuré.

– Chut... oui... oui.

J'étais super excitée. Quel coup de chance ce serait, non, qu'il y ait quelqu'un dans la caverne pile à ce moment-là ?!

– Qu'est-ce que tu entends, Wanda ? ai-je demandé. Dis-moi !

Wanda s'est redressée et m'a rendu ma lampe. Elle faisait vraiment une drôle de tête.

– J'entends la mer, a-t-elle répondu. Elle est dans la caverne.

Au début, je ne l'ai pas crue. J'ai pensé

qu'elle piquait encore une de ses crises de panique à la Wanda. Mais cette fois, elle était terriblement calme.

— Comment ça, dans la caverne ? La mer n'entre pas dans la caverne. Tu as bien vu qu'elle était à des kilomètres, ce matin. Je ne l'avais jamais vue si loin.

— Parce que c'était la marée basse, a soufflé Wanda. Maintenant, c'est la marée haute.

— Et donc ?

Je ne venais pas souvent à la plage, et je ne comprenais pas bien ce qu'elle voulait dire. Tante Tabby a horreur d'avoir du sable dans ses chaussures, et oncle Drac ne s'expose pas au soleil. En fait, avant que Wanda vienne vivre chez nous, je n'étais jamais allée à la plage.

— Donc... a repris Wanda, tu dis que la

mer était vraiment très loin, ce matin, c'est ça ?

J'ai fait oui de la tête.

— Dans ce cas-là, c'est que la marée est très basse, d'accord ? a repris Wanda. Mais ça veut dire aussi que quand elle monte, comme maintenant, elle monte très très haut.

Ça ne me disait rien qui vaille.

— Haut comment ? ai-je demandé.

— Je ne sais pas, a dit Wanda. Mais elle continue à monter jusqu'à sept heures. C'est l'heure où maman va nager.

J'ai regardé ma montre. Elle indiquait cinq heures et demie. Encore une heure et demie.

— Passe-moi la lampe, ai-je dit. Je veux voir le niveau de l'eau dans la caverne.

J'ai collé la torche à l'endroit de la fissure

dans les rochers. Au début, je ne voyais rien du tout, mais j'ai maintenu la lampe bien stable et mes yeux se sont habitués.

– Tu vois quelque chose ? a demandé Wanda.

– Il y a un truc qui bouge... la lumière... elle reflète quelque chose...

– De l'eau, a précisé Wanda d'un air abattu.

– Oui. Des vagues.

– Des vagues, a répété Wanda d'une voix sourde.

– Seulement des petites vagues, ai-je ajouté pour la rassurer.

Elle n'a pas répondu.

Ça ne rimait à rien de rester là à regarder l'eau en attendant qu'elle se rapproche. Elle était encore à plusieurs mètres de nous, et j'avais du mal à croire ce qu'avait dit Wanda sur la marée haute. Elle a une légère tendance à en rajouter. Je me suis assise sur le sable pour réfléchir.

— C'est pour ça que le sable est humide, a dit Wanda en s'affalant à côté de moi.

— Pourquoi « pour ça » ?

Wanda a ri d'une drôle de façon qui ne m'a pas plu.

— Parce qu'à marée haute la mer entre ici.

— Tu n'en sais rien, ai-je objecté.

Elle a saisi la lampe pour éclairer les parois de la grotte, comme si elle cherchait quelque chose. Et elle l'a trouvé.

— Des algues, a-t-elle déclaré en faisant danser la lumière sur un bout de truc vert luisant accroché au plafond. Et elles sont encore humides.

J'ai essayé de me rappeler ce qu'oncle Drac dit toujours sur le fait qu'il ne faut pas paniquer. Mais je n'ai pas retrouvé. Même oncle Drac aurait peut-être un peu cédé à la panique, à notre place.

Je n'ai pas parlé pendant un moment, puis Wanda – toujours aussi enjouée – a dit :

– Araminta...

– Quoi ?

– Tu sais nager ?

– Non. Et toi ?

– Oui... avec des flotteurs.

– Je suppose que tu ne les as pas pris avec toi ?

– Non...

Ça ne laissait pas grand-chose à ajouter.

CYCLE DE RINÇAGE

La mer continuait à approcher, et les vagues frappaient les parois de la caverne de plus en plus fort. Bientôt, j'ai senti l'odeur de la mer dans l'air. J'ai regardé la ficelle verte, qui avait fini de se dérouler pile à notre arrivée dans la grotte. Elle gisait par terre près de mon sac à dos, et je me disais que l'autre bout était attaché à la porte secrète sous l'escalier du grenier. Plus que tout, j'aurais voulu être à l'autre bout de cette ficelle. Et puis...

Je l'ai vue bouger !

J'ai cru que j'avais rêvé. Jusqu'à ce que ça recommence.

Wanda l'a vu aussi.

– Il y a une créature qui mange la ficelle, a-t-elle murmuré. Et bientôt, elle viendra nous manger aussi.

– Tu dis n'importe quoi, Wanda. Comment veux-tu qu'elle franchisse la herse ?

– C'est sans doute elle qui a posé le piège de la herse au départ, a répliqué Wanda. Elle va appuyer sur un bouton, ou un truc du genre, et ensuite...

– Arrête, Wanda !

Je me suis bouché les oreilles.

Tout à coup, la ficelle a été agitée d'une grosse secousse et elle a filé sous la herse.

– Rattrape-la, rattrape-la ! a hurlé Wanda.

J'ai plongé pour la saisir, mais trop tard ; elle était déjà hors de portée. On a regardé la ficelle verte s'éloigner par à-coups dans le tunnel et disparaître dans le tournant.

– Et voilà, on ne pourra jamais retrouver le chemin, ai-je marmonné. Même si on arrive à franchir le piège de la herse.

– Ça, ça ne risque pas, a commenté Wanda.

On entendait la mer, toujours un peu plus proche. Il y a eu comme un *pffff* quand l'eau s'est engouffrée dans l'étroite caverne, puis un pchchch quand elle est ressortie, et puis encore un *pffff...* et c'est là que ça s'est produit.

La mer s'est déversée à l'intérieur de la grotte. Elle est entrée par de minuscules fissures dans le tas de rochers, comme l'eau du robinet à travers une râpe à fromage. Au début, elle était absorbée par le sable ; et puis elle a commencé à former une mare. Et chaque fois qu'une vague se jetait sur les rochers, il entrait un peu plus d'eau, et la mare s'agrandissait. Maintenant, je comprenais ce que Chouminou, le chat de Brenda, avait dû ressentir le jour où tante Tabby avait mis la machine à laver sur le cycle de rinçage alors qu'il dormait à l'intérieur. J'ai décidé que je ne me moquerais plus jamais, jamais du chat de Brenda. Si je le revoyais un jour...

Dans la grotte, le cycle de rinçage se poursuivait. Il entrait de plus en plus d'eau, et même si on était un peu en hauteur près de la herse, on savait qu'elle ne tarderait pas à nous atteindre ; avant de continuer à monter jusqu'au petit bout d'algue, tout là-haut, au-dessus de nos têtes.

Soudain, il y a eu un grand choc contre les rochers. Une grosse vague s'est engouffrée et nous a éclaboussées. Wanda a hurlé en laissant tomber la torche, qui a roulé par terre en direction de la flaque.

— Rattrape-la ! Vite ! ai-je crié.

On a plongé toutes les deux en même temps pour la récupérer. Je me suis cognée contre Wanda et je me suis retrouvée dans l'eau. Wanda a hurlé et raté la lampe, qui est tombée dans la mare.

Alors elle s'est éteinte. Et il a fait tout noir.

Wanda m'a agrippée tellement fort qu'elle m'a fait mal.

— Il fait tout noir... a-t-elle chuchoté. Je-je-j'ai peur du noir.

Ce n'était pas d'être dans le noir qui me dérangeait ; c'était l'eau. Mais je ne l'ai pas dit. Au lieu de ça, j'ai déclaré :

— T-tout va bien. J'ai ma lampe torche-porte-clés.

Je l'ai sortie de ma poche et j'ai appuyé sur le bouton. Elle ne marchait plus non plus. Elle était mouillée.

— Où est la tienne ? ai-je demandé à Wanda.

Après avoir fouillé dans ses poches pendant des heures, elle a fini par annoncer :

— Je ne l'ai pas. Je crois que je l'ai laissée dans la caverne...

— Ça ne fait rien, ai-je dit. Il doit bien y avoir un peu de lumière qui passe par les fissures dans les rochers. On n'a qu'à attendre que nos yeux s'habituent.

Mais ils ne se sont pas habitués.

C'était atroce d'être dans le noir. Vraiment atroce. Comme on ne voyait plus l'eau, on ne savait pas à quelle vitesse elle approchait, et j'avais en permanence l'impression qu'on allait se noyer d'une minute à l'autre. J'ouvrais les yeux si grands que ça me faisait froid tout autour, mais ça ne changeait rien. Je n'y voyais rien du tout. Il faisait complètement, totalement noir.

Une nouvelle cascade d'eau s'est engouffrée par les trous entre les rochers, et j'ai senti l'écume sur mon visage quand elle est retombée.

– Chouminou, au moins, il y voyait quelque chose, ai-je dit à Wanda. Tante Tabby laisse toujours la lumière allumée dans la buanderie.

– De quoi tu parles ? a-t-elle soufflé.

– De rien. Recule un peu, Wanda, j'ai les pieds dans l'eau.

– Je ne peux pas. Je n'ai pas la place. Je suis déjà collée contre la herse.

– Hé ben alors, commence à monter dessus. J'ai les pieds trempés. J'ai horreur d'avoir les chaussettes mouillées.

La herse était très facile à escalader, même dans le noir. J'ai accroché l'épée à l'un des barreaux et suivi Wanda jusqu'en haut. Le métal était froid et dur, mais ça m'était égal. Au moins, on était au sec. Mais pour combien de temps ?

On n'a plus dit grand-chose, après. Les vagues continuaient à frapper les rochers de l'autre côté et à se déverser dans la grotte. On avait de l'eau jusqu'aux genoux, et on ne pouvait pas monter plus haut, quand tout à coup, Wanda a crié :

– Une lumière ! Je vois une lumière dans le tunnel ! Regarde ! Regarde !!

J'ai failli tomber de la herse. Wanda avait raison. Tout au bout du tunnel aux champignons, on distinguait une lueur verte. Et elle venait vers nous !

11

MAL EMBARQUÉES

J'étais certaine que c'était cette brave vieille tante Tabby. C'était forcément elle qui avait tiré sur la ficelle verte, et pas je ne sais quel horrible monstre ; et elle venait à notre secours.

– Tante Tabby ! Tante Tabby ! ai-je crié. On est là !

– À l'aide ! À l'aide ! a hurlé Wanda, par précaution.

Mais on n'a pas obtenu de réponse.

– C'est peut-être papa, a suggéré Wanda.

Papa ! Papa !... C'est moi ! Je suis là, papa !

– Je suis là aussi, lui ai-je rappelé. Ne m'oublie pas !

– Ha !

Wanda a eu un drôle de petit rire. Je l'ai ignorée, pour me concentrer sur la lumière verte qui clignotait au bout du tunnel. Elle n'allait pas vite, mais clairement, elle venait vers nous

– C'est une lumière bizarre pour une torche, a remarqué Wanda d'un ton un peu inquiet. Elle n'éclaire pas beaucoup, hein ?

Je m'étais fait la même réflexion.

– Non, c'est vrai... ai-je reconnu.

– Papa ! a crié Wanda. Papa !!

On a tendu l'oreille, mais pas de réponse. On n'entendait que les *plif plof* de l'eau qui clapotait autour de nous.

– Ce n'est pas papa, hein ? a bredouillé Wanda, effondrée.

– Hé non. Je crois que c'est...

– C'est le monstre, c'est ça ? Celui qui a mangé la ficelle ? Et maintenant, il va venir et...

– Tais-toi, Wanda. Ce n'est pas un monstre. C'est Edmond.

La lueur verte approchait en flottant dans le tunnel, exactement comme flotte Edmond. Plus elle approchait, plus je trouvais qu'elle avait la forme d'Edmond ; on retrouvait même sa stupide coupe de cheveux.

– Mais oui ! a soufflé Wanda. C'est Edmond ! Il est venu nous sauver !

– Wanda, ai-je soupiré, comment espères-tu qu'un petit fantôme maigrichon comme Edmond peut arriver à nous sauver ? Ou même un grand fantôme costaud ? Un fantôme ne peut pas soulever la herse pour nous libérer !

Mais Wanda ne m'écoutait pas.

– Edmond ! Edmond ! À l'aide ! a-t-elle hurlé. On est prises au piège ! À l'aide ! À l'aide !

La voix caverneuse, fantomatique d'Edmond a résonné dans le tunnel.

– Waan-da ! a-t-il appelé. Aramin-ta !

J'ai frissonné. Je ne sais pas si c'était à cause de sa voix sinistre dans le noir, ou de la drôle de lumière verte, ou bien de l'eau, qui était vraiment très froide et qui nous éclaboussait maintenant jusqu'à la taille ; mais je me suis mise à frissonner sans pouvoir m'arrêter.

Edmond s'est approché en flottant de la

herse et nous a fixées avec des yeux ronds.

– P-pas la peine de nous r-regarder b-bouche bée comme si on était au zoo ! lui ai-je dit. Il faut qu'on sorte d'ici. S-sinon, on-on va se noyer.

– Je sais, a dit Edmond de sa voix caverneuse.

– Eh bien, merci beaucoup, Edmond, ai-je répliqué sèchement. On se sent beaucoup mieux, maintenant.

– Je sais... a-t-il repris, parce que c'est ici que je me suis noyé. Avec messire Horace.

– Noyé ? a couiné Wanda.

– Oui, noyé, a répété Edmond d'un ton lugubre.

J'avoue que je ne l'ai pas trouvé d'un grand secours à cet instant.

– Edmond, pourrais-tu retourner le

plus vite possible à la maison dire à tante Tabby où on est ? Elle saura quoi faire. S'il te plaît. Dépêche-toi.

— Il est trop tard pour retourner à la maison, a répondu Edmond.

— Qu'est-ce qu'on va fai-ai-aire ? s'est lamentée Wanda.

— Silence, Wanda.

— Ne te mets pas martel en tête, Wanda, a ajouté Edmond. On va prendre l'autre sortie. On a juste le temps avant que l'eau ne soit trop haute.

Il a traversé la herse aussi facilement que si elle n'existait pas, et s'est mis à planer à côté de nous, en éclairant la petite grotte de sa lueur fantomatique.

Là, je me suis félicitée qu'on ait perdu nos lampes torches depuis un moment, parce que ce qu'on a vu était effrayant ; la grotte était presque remplie d'eau de mer. Et chaque fois qu'une vague frappait les rochers, de l'eau entrait, et le niveau montait.

J'ai levé les yeux sur le bout d'algue de Wanda et j'ai compris qu'elle avait raison. L'eau allait continuer à monter. Jusqu'en haut...

La voix d'Edmond a interrompu le cours de mes pensées, ce qui tombait bien, parce que j'étais sur le point de piquer une crise de panique à la mode Wanda.

— Suivez-moi, a-t-il dit en flottant jusqu'au tas de rochers par lequel entrait la mer.

— On ne peut pas te suivre, a objecté Wanda. On va se noyer.

Je venais de penser la même chose. Et je me demandais aussi comment Edmond comptait nous sauver, alors qu'il n'avait pas réussi à se sauver lui-même à l'époque.

Sa voix a résonné dans la caverne :

– L'eau n'est pas encore trop profonde, Wanda. Il faut me faire confiance.

– Ooooh ! a-t-elle gémi.

Edmond est revenu vers nous et s'est enfoncé dans l'eau jusqu'au cou.

– Ne pars pas, Edmond ! a hurlé Wanda.

– Je ne pars pas, a-t-il répondu. Je te montre la profondeur de l'eau. Il faut vous dépêcher. Vous devez descendre de la herse et me suivre.

– On y va, Wanda, ai-je dit. On doit le faire.

J'ai commencé à descendre le long de la herse, ce qui n'était pas du tout agréable, parce que j'avais de l'eau glacée jusqu'au-dessus de la taille. J'ai attrapé l'épée au passage et je m'y suis agrippée pour ne pas tomber.

Wanda n'avait pas bougé. Elle m'a regardée, et elle a dit :

— Je suis plus petite que toi. L'eau va m'arriver presque au-dessus de la tête.

— Raison de plus pour te secouer, ai-je répliqué fermement.

— Tu parles comme tante Tabby, a-t-elle observé.

Elle a quand même commencé à descendre et bientôt, après avoir couiné un peu, elle m'avait rattrapée.

À ce moment, une super grosse vague est entrée et l'a renversée. Wanda a disparu sous l'eau.

– Blermphh !

Elle a ressurgi pour respirer, en battant des bras comme un moulin fou.

– Plus vite, plus vite ! a dit Edmond d'un ton inquiet.

Comme Wanda continuait à faire son imitation de moulin, je l'ai saisie avec ma main libre et j'ai suivi Edmond en la tractant,

jusqu'au gros tas de rochers qui séparait la grotte du reste de la caverne.

J'avais de plus en plus de mal à me tenir debout, parce que l'eau m'arrivait au menton et que le niveau montait toujours. Wanda a voulu poser les pieds au fond, et elle a complètement disparu sous l'eau. Je l'ai hissée à la surface et j'ai dit :

— Il faut que tu nages, Wanda.

— M-mais je ne sais pas nager sans flotteurs.

— Tu viens de le faire, au cas où tu ne l'aurais pas remarqué.

Edmond était monté jusqu'en haut du tas de rochers.

— Grimpez, nous a-t-il ordonné.

— Comment ? a bredouillé Wanda en recrachant de l'eau.

— Ne discute pas, Wanda, ai-je rétorqué. Accroche-toi à un rocher et grimpe !

Et elle l'a fait. Elle s'est hissée hors de l'eau et elle est montée d'un coup. J'ai sorti l'épée de l'eau et je l'ai suivie, même si je ne voyais pas à quoi ça nous avancerait. On avait déjà cherché une sortie partout sans rien trouver.

Et là, notre pire cauchemar s'est réalisé. Edmond s'est volatilisé.

— Ed-mon-on-ond, a gémi Wanda dans le noir.

— Par ici, a répondu la voix caverneuse d'Edmond de derrière les rochers.

Alors on a vu. Tout en haut du tas de rochers, masquée par une grosse pierre plate, se trouvait la sortie.

D'accord, elle était étroite, et bouchée

par un drôle de garçon ; et alors ? Il suffi-
sait qu'on se glisse dans l'interstice derrière
la grosse pierre plate, et à nous la liberté !

C'est ce qu'on a fait. Et on la tenait. La
liberté !

EDMOND

On était peut-être libres, mais on était toujours bloqués. À présent, on était perchées sur le rebord tout en haut de la caverne ; ce même rebord sur lequel on s'était arrêtées le matin pour regarder l'épée. Mais évidemment, la caverne était toujours remplie d'eau.

— Vous n'avez plus rien à craindre, a déclaré Edmond. Il n'y a plus qu'à attendre que la marée redescende.

— Et ça va prendre combien de temps ?

avons-nous demandé, Wanda et moi, en chœur.

— Deux heures et quinze minutes. Je dois partir. Adieu !

— Partir ? a couiné Wanda. Tu ne peux pas nous laisser toutes seules !

— Mais, Wanda, tu ne risques

rien. La mer n'arrive pas aussi haut. Il faut juste que vous attendiez que l'eau baisse. J'ai quitté mon poste trop longtemps. Je dois reprendre mes fonctions dans le tunnel.

– Quelles fonctions dans le tunnel ? l'ai-je questionné.

Je me demandais ce qu'il pouvait bien avoir de si important à faire. Épousseter ? Passer l'aspirateur pour enlever les araignées ?

– Je garde le passage. Je dois empêcher quiconque de dépasser la maison et de subir le sort qui a été le nôtre, à messire Horace et moi, il y a toutes ces années. Mais aujourd'hui, a ajouté tristement Edmond, j'ai failli à mon devoir.

– Mais non, ai-je répondu, tu es venu à notre secours. Merci, Edmond.

– Merci, Edmond, a répété Wanda.

Puis, comme c'est une fouineuse, elle a demandé :

— Mais qu'est-ce que tu faisais avec messire Horace dans cette affreuse grotte ?

— On fuyait nos ennemis, la famille Dumilley. Ils nous ont attaqués lâchement. Ils étaient plus de vingt, et nous n'étions que deux.

— Disons un et demi, ai-je rectifié. Tu n'es qu'un enfant, Edmond. Et plutôt maigrichon.

— Ce n'est pas vrai, a protesté Wanda. Moi, je le trouve très fort. Et ensuite, Edmond, qu'est-ce qui s'est passé ?

— On s'est réfugiés dans la grotte sous le château de messire Horace. Il y a très longtemps, messire Horace avait fait installer une herse pour empêcher nos ennemis de pénétrer dans les souterrains du château, et il avait imaginé un labyrinthe pour les égarer. Mais le piège s'est retourné contre nous, nous livrant aux mains de nos poursuivants.

– Oh, Edmond, c'est horrible ! a lancé Wanda avec un frisson d'excitation.

– C'était horrible, en effet. Nous nous sommes battus de toutes nos forces, mais messire Horace a été blessé. Puis nos ennemis ont entassé des rochers pour nous piéger dans la grotte, nous laissant à la merci de la mer.

– Oh, Edmond, a soufflé Wanda.

Edmond s'est incliné.

– Adieu, Wanda. Adieu, Araminta.

Mais alors qu'il commençait à disparaître, je me suis rappelé une question que je

voulais lui poser. Un question qui me tara-
bustait depuis qu'il nous avait dit qu'il
s'était noyé dans la grotte.

— Edmond... ai-je commencé.

— Je dois me retirer.

— Edmond... je voulais juste savoir... Si
tu connaissais la sortie, pourquoi ne pas
vous être échappés quand vous étiez pris
au piège ?

— Messire Horace était blessé. Il ne pouvait pas escalader les rochers. Et un bon
page loyal reste aux côtés de son maître.
En toutes circonstances.

— Même s'il va se noyer ? ai-je demandé.

— En toutes circonstances, a répété Edmond d'un ton solennel.

Puis il a disparu.

— Ouah... a lâché Wanda au bout d'un

moment. Quel courage !

Je n'ai rien dit. J'essayais de m'imaginer ce qu'avait vécu Edmond, bloqué dans cette grotte sinistre avec messire Horace, et choisissant de ne pas fuir. Mais mon imagination ne faisait pas le poids.

Quand Wanda et moi avons fini par sortir de la caverne, il faisait nuit. La pleine lune se levait sur la mer, et la plage était déserte. Tant mieux, parce que je n'avais pas envie qu'on me pose des questions idiotes du style pourquoi on était trempées et pourquoi on traînait une grande épée rouillée derrière nous. Quelque chose me disait qu'une fois rentrées à la maison on serait déjà assez bombardées de questions idiotes pour nous occuper un bon moment.

Tandis qu'on remontait l'escalier de la plage, Wanda a hurlé tout à coup : « Papa ! », et elle est partie comme une flèche.

J'ai traîné lentement l'épée jusqu'en haut des marches. Je n'en revenais pas que Barry soit là. C'est vrai, comment pouvait-il savoir où nous trouver ?

Mais il était bien là !

Ce bon vieux Barry a poussé un grand cri de victoire et s'est mis à courir vers nous. Il a soulevé Wanda dans ses bras et l'a fait tournoyer, avant de faire pareil avec moi.

— Vous êtes là ! a-t-il soufflé. Je n'y crois pas. Vous êtes vraiment là – comme il l'a dit.

— Comme l'a dit qui, papa ? a demandé Wanda.

— Vous n'allez pas me croire, a répondu

Barry avec un sourire jusqu'aux oreilles. Moi non plus, je n'y croyais pas, mais ça valait le coup d'essayer.

— Qu'est-ce qui valait le coup, papa ? a encore demandé Wanda.

— Eh bien, il y a à peu près une demi-heure, Tabitha a trouvé un message écrit dans la poussière de charbon au-dessus de la chaudière. C'est curieux, parce que vous savez dans quel état impeccable Brenda maintient la chaudière. Bref, le message — qui était très étrange et difficile à lire — disait : « W. et A. sont sur la Plage. » Tabby s'est mise à hurler comme une folle, parce qu'elle a cru à une demande de rançon, mais je l'ai calmée, en disant que j'allais partir à votre recherche. Et, en effet, vous voilà...

Barry a secoué la tête, toujours incrédule.

On était dans la fourgonnette et Barry allait démarrer, quand je me suis souvenue de quelque chose.

– L'épée ! On ne part pas sans l'épée. Pas après tout le mal qu'on s'est donné pour l'avoir.

Alors Barry est sorti pour la ramasser.

– Où avez-vous trouvé ce bout de ferraille rouillé ? a-t-il demandé tandis qu'on passait devant la champignonnière, sur le chemin de la maison.

– Je ne crois pas que ça t'intéresserait, ai-je marmonné.

– Oh, mais si, a insisté Barry. Et j'en connais d'autres que ça va intéresser.

13

JOYEUX ANNIVERSAIRE !

C'était chouette de se retrouver à la maison, une fois la police partie. Même tante Tabby était gentille avec nous, et oncle Drac était tellement content de nous avoir retrouvées qu'il n'arrêtait pas de sourire.

Tante Tabby a apporté du chocolat chaud et tout le monde s'est installé dans le placard à balais pour que Wanda et moi, on raconte ce qui s'était passé. Quand on est arrivées au moment où l'eau entrait

dans la grotte, il y a eu un grand silence –
et tout à coup, *BANG !* messire Horace
est sorti en titubant de sa pile de manteaux
et tout le monde a poussé un grand cri de
surprise. Au même instant, la pendule de
l'entrée a sonné minuit. Le chat de Brenda a
bondi hors du placard, et on ne l'a d'ailleurs
pas revu pendant huit jours.

Je voyais que messire Horace allait se lancer dans un grand sermon, comme quoi on
n'aurait jamais dû prendre le tunnel secret,
et à quel point la grotte était dangereuse, et
ce genre de trucs casse-pieds – avec lesquels
je savais que tante Tabby allait nous rebat-
tre les oreilles pendant des mois. Alors j'ai
crié : « Bon anniversaire ! », et tout le monde
m'a regardée comme si j'avais perdu la tête.

– Enfin, c'est presque son anniversaire !

ai-je précisé. Il a cinq cents ans demain. Pas vrai, messire Horace ?

— Oui, malheureusement, a-t-il confirmé de sa voix de stentor.

Ça n'avait pas l'air de le réjouir. Je ne comprenais pas pourquoi, parce que, moi, j'adore toujours mes anniversaires.

— Cinq cents ans, c'est très vieux, a dit Wanda pour essayer de lui remonter le moral. Vous devez être très excité, messire Horace.

— Pas tant que cela, a-t-il répondu sombrement. Cinq cents ans, c'est très vieux, en effet, Miss Sorcel. Ça semble beaucoup plus vieux que quatre cent quatre-vingt-dix-neuf ans.

Ah bon ? Je trouvais que c'était déjà très vieux, mais je n'ai rien dit. Au lieu de ça, j'ai traîné l'épée dans le placard et j'ai annoncé :

– Voici votre cadeau, messire Horace. Désolée, on n'a pas eu le temps de l'emballer. Joyeux anniversaire !

Messire Horace a pris l'épée sans un mot et il est resté planté là, en la serrant très fort.

Pendant quelques minutes, tout le monde a attendu qu'il dise quelque chose.

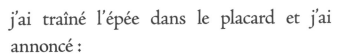

— Elle ne vous plaît pas ? s'est finalement inquiétée Wanda.

— J'ai toujours aimé cette épée, a-t-il déclaré d'une drôle de voix.

— Qu'est-ce qu'il veut dire par « toujours » ? m'a chuchoté Wanda. On vient juste de la lui offrir.

Messire Horace a fait un bruit bizarre en avalant sa salive avant de poursuivre :

— Mon bien-aimé père m'a donné cette épée pour mes vingt et un ans. Et vous me la rendez pour mes cinq cents ans. Merci...

J'étais déçue. Ce n'est pas un vrai cadeau d'anniversaire, quand on offre à quelqu'un quelque chose qui lui appartient déjà.

Mais ça n'avait pas l'air de gêner messire Horace.

– C'est... le plus beau cadeau que vous puissiez me faire, a-t-il conclu.

Il s'est assis sur une chaise dans un coin en calant l'épée à la verticale contre sa chaise. Je suis sûre de l'avoir entendu renifler, même si Wanda prétend que c'est impossible puisque les fantômes ne pleurent pas. Mais pour ce qu'elle en sait...

En montant dans notre chambre du dimanche, on a vu quelque chose d'un peu bizarre. Un long bout de notre ficelle verte sortait de la porte du passage secret et descendait tout en bas, jusque dans le placard à balais.

– C'est notre ficelle, a déclaré Wanda en bâillant. Je me demande ce qu'elle fait là.

J'avais trop sommeil pour répondre.

Le lendemain matin, on a suivi la ficelle jusqu'au placard à balais. On voulait

souhaiter son anniversaire dans les formes
à messire Horace.

– Bonjour, messire Horace, a-t-on clai-
ronné. Joyeux anniversaire !

– Un grand merci à vous, a-t-il répondu.

Il était toujours assis dans le même coin,
son épée appuyée à côté de lui, mais il y
avait maintenant un grand tas de rouille à
ses pieds. On a eu du mal à reconnaître
l'épée depuis la veille ; elle luisait. Le manche
étincelait, et les motifs qu'on avait devinés
sous la rouille étaient superbes et brillants,
tout incrustés d'or. Le bout de la poignée
(que messire Horace a appelé le pommeau)
était orné d'un énorme rubis, avec deux
rubis plus petits sur les côtés. La lame était
un peu ébréchée – on voyait que messire

Horace s'était souvent battu avec –, mais il l'avait si bien polie que le métal était tout lisse et scintillant.

— Bonjour, les filles, a dit oncle Drac en bâillant. Bien dormi ?

— Oui, merci, oncle Drac.

— Tant mieux, parce que moi, non. Stupide épée. J'ai demandé à messire H. d'aller gratter sa rouille ailleurs, mais il est resté là toute la nuit, à gratter, gratter, gratter. Ça me faisait grincer des dents, un vrai cauchemar.

— Désolée, oncle Drac.

Il a souri.

— Ne t'inquiète pas pour ça, Minty. Ça vaut le coup, si c'est pour vous avoir retrouvées saines et sauves. Tu veux me passer mon tricot ?

Je lui ai donné sa longue écharpe verte. C'était bien ce que je pensais. Oncle Drac tricotait notre ficelle verte.

— Tu sais pourquoi ton fil est tout rêche, oncle Drac ? ai-je demandé.

— Je crois que c'est la faute de Big Bat, a-t-il bougonné. Je tricotais si vite hier — après que toi et Wanda, vous avez disparu — que je suis tombé à court de laine. J'ai demandé à cet idiot de me trouver de la laine verte, et il est revenu avec ce vieux truc. Je me demande où il l'a déniché.

— Nous, on sait, a-t-on chantonné.

L'après-midi, on a célébré l'anniversaire de messire Horace. C'était une super fête, même si ce n'était plus une surprise. Wanda avait pris toute seule le passage secret pour inviter Edmond. Ça m'a épatée, moi qui croyais qu'elle avait peur dans le passage secret à cause de toutes les araignées. Mais elle a dit qu'elle s'en fichait, maintenant, de ce qu'il y avait là-dedans, tant que ce n'était pas des algues.

On s'est tous entassés dans le placard à balais pour chanter « Joyeux anniversaire », puis messire Horace s'est incliné et nous l'a chanté aussi. Barry a fait exécuter à ses grenouilles ce qu'il appelle « leur Célèbre Pyramide de grenouilles », et qui, à mon avis, ressemble juste à un tas de grenouilles. Ensuite, il a voulu faire disparaître messire Horace ; mais tout ce qui s'est passé, c'est qu'oncle Drac s'est retrouvé couvert de poussière bleue qui fait disparaître et qu'il s'est mis à éternuer. Brenda a exécuté une drôle de danse de claquettes tout en faisant tourner des assiettes sur des bâtons, mais elles sont toutes tombées quand oncle Drac a éternué très fort, et tout le monde a dit « Beurk ! ». Mais le mieux, c'est quand tante Tabby et Brenda ont apporté le gâteau de cinq-centième anniversaire. Il était énorme – il fallait assez de place pour toutes les bougies. Elles ont fait fondre le glaçage, mais le gâteau était quand même délicieux. Ensuite, messire Horace s'est endormi, et on est tous sortis sur la pointe des pieds en laissant oncle Drac écouter ses ronflements.

Après son anniversaire, messire Horace était content. Il a arrêté de se cacher et il s'est même mis à chantonner en se promenant dans la maison, ce qui n'est pas une

très bonne nouvelle, parce qu'on a fini par se lasser de l'entendre fredonner tout le temps « Joyeux anniversaire » ; mais au moins, comme ça, on l'entendait arriver.

Oncle Drac a continué à tricoter en attendant que ses jambes guérissent. Wanda et moi, on lui a apporté tout un stock de laine verte, et maintenant, on a chacune une écharpe verte assez bizarre, avec des nœuds partout.

Il a fallu une semaine à Barry pour qu'il trouve le courage de parler à oncle Drac du vieil Émilien et du caca de chauve-souris.

Il a été très surpris quand oncle Drac lui a répondu qu'il s'en fichait, et qu'il allait se lancer dans le commerce d'écharpes tricotées main.

— Des écharpes à nœuds, oui, a commenté Wanda en gloussant.

Brenda nous a permis de garder la ficelle verte, qui était tout effilochée à l'endroit où Big Bat l'avait mâchonnée pour la détacher de la porte. Alors on l'a rembobinée et on l'a accrochée à l'intérieur de la porte du passage secret – pour la prochaine fois.

ANGIE SAGE, l'auteure acclamée de la série Magyk, partage sa maison avec trois fantômes. Deux d'entre eux arpentent l'entrée de temps à autre, pendant que le dernier reste assis pour admirer la vue de la fenêtre. Tous les trois sont de grands timides, et parmi les fantômes les plus sympathiques qu'on puisse souhaiter rencontrer. Angie Sage vit en Angleterre.

JIMMY PICKERING a étudié l'animation de personnages pour le cinéma et le dessin animé. Il a travaillé pour Hallmark, Walt Disney et Universal Studios. Il est aussi l'illustrateur de nombreux ouvrages.

N° éditeur : 10144078
Dépôt légal : avril 2008
Imprimé en France - n° L45777